KB237015

세상 위에 나를 그리다

이 완 순 시집

오늘의문학사

세상 위에 나를 그리다

달랑 한편 남기고 죽더라도
세기를 넘어 회자되는
글을 남기는 행운을 얻고 싶다.
더러는 히틀러의 권세를 넘보고
테레사 수녀의 삶도 소원했다.

약삭빠른 시간과
참담한 좌절이 뒤엉키고,
몸부림칠수록 더 깊이 빠지는
절망이라는 늪은
내게서 말을 모두 빼앗아갔다.

이제 말을 찾아 떠나리라.
가면을 벗어 던지고 뛰리라.
그리고 사랑하리라.

제2부 ··· 세상 위에 나를 그리다

1부
겨울을 넘어 걷다

물

장미가 마시면
요부의 웃음이 되고
구절초에게는 쓸쓸한 미소로
가을을 유혹하게 한다.

독사의 맹독이 되어
사람의 뒤꿈치를 노리더니
양귀비의 웃음 뒤에 남아
절망적인 동통을 움켜쥔다.

대륙의 끄트러기
한 서린 반도의 핍박한 삶
나의 물은 오욕칠정에 사로잡혀
한낱 인간적 원恕이나 풀려는가?

갈라지고 찢긴 역사에서
어떤 고난에도 흔들리지 않는
연개소문의 기개를 얻어
고토를 되찾을 수는 없을까?

철로鐵路

눈이 내린 들에
길게 알몸으로 누워
양냥거리는 바람과
휘감기는 추위와 싸우며
뜬눈으로 새운 밤이 얼마인가.

목포에서 원산으로
부산에서 신의주로
호호, 언 손 서로 녹여주며
애살스런 情 나누고 싶었는데
파렴치한 외세에 허리 꺾여
임진강 굽어보며 눈물짓는다.

한 핏줄
한 하늘 아래
오순도순 산 세월이 얼마인데
아직도 고구려 백제 신라
한 지붕 세 가족의 슬픈 동거
헐뜯고 살아온 이천년의 세월

언젠가는
손잡고 북방으로 가리라
허리 病이 도져 지레 죽을지라도
두만강 너머 원조선, 고구려, 발해의 땅
찬란한 우리의 역사를 찾아 떠나리라
웅대한 한겨레의 기상 되찾고야 말리라.

실종신고

당신의 실종신고를 합니다.
해맑은 웃음이 그리워
당신을 애타게 찾아보았지만
당신의 모습이 보이지 않아
어쩔 수 없이 실종신고를 합니다.

다시 만날 가능성이 희미해도
내 의지는 오히려 더 강했었는데
끝내는 다시 화합하리라 믿었는데
이제는 너무 버거워 내려놓습니다.

한쪽이 남은 한쪽을 흡수하는 것을
어찌 진정한 통일이라 하겠습니까?
서로 다른 가치들이 융합하여
새로운 가치를 창출해내는
상극의 조화로 이루어지는 상생이
참 평화이고 참 자유가 아닙니까?

서로 다른 외세를 등에 업고
네 탓이라고만 외치는 남과 북은
이미 동족임을 포기한 것입니다.
유서를 쓰는 마음으로 신고서를 씁니다.
피눈물을 흘리며 신고서를 접수합니다.

단기 4344년

기원전 2333년 단군조선 건국
허허, 이 무슨 해괴한 소리인가?
단군조선을 건국하기 전에도
한민족은 그 곳에 살았고,
단기 원년 상달에
천제의 손자이신 환검단군께서
홍익인간을 건국이념으로
아사달에 나라를 여셨다.
한족漢族의 치기어린 부러움과
살기등등한 오랑캐의 침략을 막아내며
조선은 엄연히 이천년을 누렸다

타국의 연호를 쓰는 것은
국권을 포기하는 것,
4344년 이어 온 우리 연호 버리고
서기 2011년만을 고집하는 것은
어리석다 못해 몰지각하다.
역사성의 몰락은 민족성의 몰락

1대 환검 단군부터 47대 고열가 단군까지
47대 1195년간 북방을 호령한 단군조선,
그 찬란한 역사를 신화로 돌리고
물신의 노예가 된 서양 논리로
우리 역사와 문화를 훼손하려는 작태
도대체 언제까지 보고만 있어야 하는가?

사랑하는 이여
우리는 자랑스러운 천손입니다.
우리 연호 단기를 살려야 합니다.
민족의 정체성을 회복하지 않으면
부지불식간에 민족이 사라지고 맙니다.

달빛

素服한 여인처럼
달빛 겨울 뜰에 선다.
아픔을 지우지 못해
북만주 넓은 벌을 휘돌아
밤새 벼린 칼끝으로
가슴에 민족을 印字한다.

누가 우리를 경원하랴!
죽음을 넘고 넘어
반만년을 이어온 한겨레
우리의 역사가 살아있는 동북
저 바람 손잡고 가리라.

고구려, 발해의 얼
가슴에 담아
다시는 잊지 않으리라.
북방에 우뚝 서는 그 날까지
달빛처럼 홀로 일으켜 세우리라.

계백장군 묘역에서

장군이 누구십니까?
장군이 그토록 사랑한 처자
어디에 두고 홀로 계십니까?
異민족을 끌어들여 제 민족을 도륙한 놈
식민사관으로 민족정기를 말살하고
엄연한 역사까지 신화로 돌리는 역적들
반민족과 독재를 조장하는 수구집단,
매판세력이 저렇듯 백주에 횡행하는데
그 애끓는 분노를 어찌 참고만 있습니까?
오랑캐의 오욕보다 죽음을 선택했던 기개
그 숭고한 가치를 어디에 두고
아무도 찾지 않는 풀숲에 홀로 계십니까?

이제 장군이 밝히셔야 합니다.
그 치욕에 대해여 말씀하셔야 합니다.
오랑캐의 겁탈을 피해 낙화암에 몸을 던진
백제 女人의 한을 풀어줘야 합니다.
그들은 궁녀가 아니잖습니까?

오랑캐의 힘으로 동족을 살육한 매판세력이
사악한 반민족 행위를 숨기기 위하여 꾸며낸
백제왕국의 타락사를 역사에서 도려내야 합니다.
고려가 백제 멸망사를 바로잡지 못했기에
고려도 조선에게 국권을 빼앗긴 후
조선에 의해 추잡한 부패사가 덧씌워졌습니다.

외세에 의한 통일은
통일로 위장한 침략일 뿐입니다.
흡수통일은 오히려 분단보다 못합니다.
공존의 통일, 서로의 가치를 인정하며
이룩하는 통일이 민족을 살리는 통일입니다.
장군께서 침묵할 때가 아닙니다.
지금 한반도에서 벌어지고 있는 일들이
그 때 그 상황과 너무 흡사합니다.
역사가 신라의 범죄를 망각했기에
일본에게 국권을 넘겨주고도
을사오적은 오히려 당당합니다.

수많은 우국열사의 피로 되찾은 삼천리강산을
이승만과 김일성은 자파의 정치적 영달을 위해
분단을 획책한 미국과 소련에게 넘겨줬습니다.
천둥에 개 뛰어들 듯
무력으로 국권을 찬탈한 박정희는
만주군관의 한계를 극복하지 못한 채
성급한 경제개발 망상에 사로잡혀
일본에게 경제를 예속시켜 놓고도 당당합니다.

계백장군이시여!
연개소문이여!
광개토대왕이시여!
몽매한 후손을 일깨워 주소서!
매판세력을 축출하게 하소서!
천손민족의 기개를 되찾게 하소서!

부처를 만난 예수의 고민

어떻게 용서를 빌어야 하나.
무지몽매한 신도의 극악한 행패를
도무지 설명할 수가 없구나.
사랑과 자비,
거듭남과 깨달음이
서로 다르지 아니하거늘,
오만은 인간이 갖는 마음 중에
가장 사악한 것이 아닌가.
나무를 보고 숲을 보지 못하는 것들
믿음이란 십자가를 지겠다는 신념인 것을
십자가에 매달려 죽어가는 내 앞에서
복을 비는 파렴치하고 어리석은 것들
이웃을 사랑하다 고난 받는 것이 구원이고,
그런 삶이 천국을 이루는 것이라고 해도
막무가내로 도리질을 하는구나.

저들이 너무 무섭다.
저 허튼 욕망을 어이 할까?

정의구현이 가장 올바른 사랑이고
거듭남은 기도로 얻는 것이 아니라
사랑을 향한 적극적인 의지로 이루는 것인데,
언어의 유희로 전락해 버린 기도
가시적인 것에 목숨을 거는 천박한 것들
종교란 이타적인 삶, 그 자체이고
이타적인 소망을 확인하는 사랑행위인 것을
이타심은 쥐똥만큼도 없는 저 쓰레기들이
필경 내 목숨과 바꾼 교회를 무너트릴 것이다

빈 그릇

하늘은
아는 만큼 있더라.

비운 만큼
보이더라.

없어도 있고
있어도 없더라.

가자
하늘을 만나보자
빈 그릇이 그릇이다
손에 든 것
모두 내려놓고
빛을 보듬어보자

新正名論

호랑이는 가죽 때문에 죽고
사람은 이름 때문에 죽는다.
좋은 이름을 얻기 위해
욕된 이름을 버리지 못해

예수의 축복은
쓰임에 맞는 이름을 주는 것,
공자의 정명론도
결국은 이름값을 하자는 것

시답잖은 시 몇 줄 쓰고
시인이라는 이름을 얻은,
도대체 나는 누구인가?
무엇을 이루려 하는가?

아는 만큼
그리고 느낀 만큼만 쓰리라
현란함으로 세상을 미혹하기보다
담담하게 치열한 삶을 노래하리라.

자폐아

캡슐 속에
나만의 왕국을 만들어 놓고
왕이듯 으스대고
호령하고
눈에 거슬리는 것은
곧 바로 응징한다.

혼자 말하고
혼자 듣는 외로운 황제
허공에 무수히 떠다니는
별을 잡기 위해
오른 손 왼 손 번갈아
허공을 움켜잡는다.

입술을 딸싹거리며
배시시 엷은 미소를 날린다.
추레하게 침을 흘리며
히죽히죽 웃다가 금세 토라져

입에 거품을 물고
알 수 없는 악다구니를 쓴다.

밖에서 안은 볼 수 있지만
안에서는 밖이 보이지 않는 캡슐
신기한 반투막으로 왕국이 이루어졌다.
사람과 사물은 통과하지만
말은 절대로 통과하지 못해
도무지 안과 밖이 소통할 수 없다.

파리는 새가 아니다

오르락내리락
곁눈질하며 껄껄 웃는
저 웃음 뒤에 펼친 미친 세상
뾰루지를 감춘 웅변이 가소롭다

유리지갑은
눙치며 훑어가고
부자감세로
성 같은 저택에는
재물이 산처럼 쌓인다.
권세와 맞잡은 더러운 손
재벌의 덩드럭거림이 눈꼴시다

도둑맞으려니 개도 짖지 않는다.
도둑이 던져주는 고기 덩어리에
꼬리 흔들며 실실 웃기만 한다.
배보다 배꼽이 더 크다
간접세 폭탄에 민초의 허리가 휜다.

우리는 폭탄을 안고 산다

꼬리에 불붙은 망아지처럼
길길이 날뛰는 물가
죽을 비용도 남지 않는 품삯에
오늘도 폭탄을 매만진다.

누군가 불씨만 당기면
연쇄적으로 폭발해
한 바탕 세상을 갈아엎을 폭탄
저마다 주렁주렁 매달고 있다.

장밋빛 미래로 현혹하는
정치가 지긋지긋하다
고혈을 쥐어짜는 합리 앞세운
힘의 논리가 역겹다

허기를 채우기에도 모자라
미래를 저당 잡혀 사는 사람들
가슴에서 폭탄을 꺼낸다.
폭탄의 뇌관을 두드린다.

새떼의 반격

삼베 바지에서 방귀 새듯
창졸간에 76미리 함포 100여발
NLL 넘나드는 새떼 향해 날고
게슴츠레 졸고 있던 반달
재빨리 거뭇한 구름 뒤에 숨는다.

기다렸다는 듯이
허겁지겁 바다가 피를 핥는다.
팝콘처럼 터져 흩날리는
무성한 말, 말들
찢긴 깃발처럼 펄럭인다.

유령으로
되살아나는 새떼
찢긴 살점과 피를 모아
몸집을 불린다.
괴성을 지르며
함정의 옆구리를 걷어찬다.

조심스럽게 고개를 내밀고
도와줄 사람을 찾지만 어둠뿐
아픈 허리 부여잡고
속절없이 함미가 떠내려간다.

안으로 모든 것을 끌어당겨
꾸역꾸역 물을 마시고
창졸간에 가라앉는 함수
안과 밖이 함께
죽음의 행렬에 뛰어든다.

*시작 노트
 천안함 사고로 순직한 장병들의 명복과
 유가족께 심심한 위로의 뜻을 전한다.
 또한 명명백백 사고의 원인이 밝혀지길 빈다.

신 우익의 허상

"너는 나를 넘지 못해"

야차의 고깔을 쓴 이등박문이
히죽히죽 웃으며 이죽거린다.

일본의 망발이 무섭다
미국의 위선이 두렵다
피아를 구별할 수 없어
너무 참담하다.

간도를 도둑맞은 지 100년
또 다시 독도를 넘보는
왜놈의 반격을 막기에도 힘겨운데
조직적으로 움직이는 뉴 라이트는
이미 신라의 패륜을 넘어섰다.
부와 권력의 세습
뭉글거리는 부패
교묘하게 친일을 말한다.

뻔뻔하게 자유를 논한다.

민족을 보지 못하고
어찌 자유와 평등을 말하랴!
식민지배, 그 암담한 역사를 잊고
어떻게 이 땅을 지킬 수 있으랴!
너나없이 허장성세인 세상살이
칼집을 벗어난 칼처럼
민족을 간과한 史觀은 위험하다
가슴에 가시처럼 박혀
노예근성 부추기고
마약처럼 대뇌를 마비시킨다.
사설邪說보다 훨씬 더 사악하다

아아.
몽매한 이 민족을 어찌 하랴!

다 태우리라

하늘과 땅이 어우러져
더덩실 춤춘다.

비수처럼 가슴에 꽂히는
사랑이 아닌 사랑의 말은
못내 모두의 아픔이 되어
철철 눈물로 흐르고
시계는 허위허위 거꾸로 걷는다

ELi ELi LAMA Sabachthani

아서라
내 목숨을 내줄 지라도
다시는 예수를 못 박지 않으리라
세상을 외우 두고
황촉을 홀로 밝히는
우리가 유다인 것을
해방이 무엇이며

구원은 또 무엇인가

차라리 가슴에 기름을 붓고
하늘을 우러러 타오르게 하리라
이 땅에 천국을 이룰 때까지
태우고, 태우고, 모두 다 태우리라

변화산에 제자들
— 성령부흥회에서

자주색 휘장이 드리워진
제단 앞에 예수가 묶여 있다.

야비한 경건이 까불거리고
소나기처럼 퍼붓는 값싼 은혜
절규하듯 부르는 복음성가에
예수는 정신이 혼미하다

우리를 도우소서!
여기가 좋습니다!

십자가는 어디에도 없다.
아무도 고난을 은혜로 받지 않는다.
사랑이 없는 사랑만 넘실댈 뿐
다시 못 박히는 아픔에
예수가 피땀을 흘리신다.

어머니는 아시지요

어머니
너무 슬퍼하지 마세요.
아들이 가는 길이 서럽더라도
그냥 타인처럼 눈을 돌려주세요.
설사 아버지의 뜻과 다르다 해도
나는 절대로 후회하지 않습니다.

어리석어 온갖 귀신이 들린 사람들
그들이 너무 불쌍하여
눈을 떠 보게 하고
듣게 하고
말하게 하고,
사회와 격리되어 천형을 겪는
문둥병자를 치료한 것도
인간의 존엄을 찾아주려는 것이었습니다.
세리 마태와 함께 밥을 먹은 것이나
막달라 마리아를 사랑한 것을
어찌 소영웅주의라 매도할 수 있겠습니까?

내 가슴 밑바닥에서부터 끓어오르는 연민과
유대민족을 학대하는 로마에 대한 분노가 없었다면
나도 도중에 그만두었을지 모릅니다.

민중의 아픔은 나의 아픔입니다.
민중의 굶주림은 나의 굶주림입니다.
하나님을 성전에 유폐시킨 뒤
화려한 사술로 민중을 속이고
자신의 기득권만 지키려는 사두개파
율법에 하나님의 사랑을 매어 놓고
허위의식에 사로잡혀 있는 바리세파
저 독사의 자식들에 대한 나의 분노는
민중에게 하나님의 사랑을 보여주려는 것입니다.

이 참혹한 십자가형의 도화선이 된
안식일에 대한 새로운 선포도
그 바탕엔 인간에 대한 연민이 깔려있고
그것은 원래 아버지의 뜻이었습니다.

권력과 제도의 폭력에 실종된
노동에 대한 진정한 가치를 찾는
안식에 대한 새로운 창조였습니다.

어머니
이제 눈물을 거두십시오.
아들이 가는 길이 어떤 길인지
이 땅에 아들을 보내신
하나님의 뜻을 잘 아시잖아요?
나에게 주어진 길이 아무리 험하다 해도
어찌 내가 가지 않을 수 있습니까?

어머니
유다를 너무 미워하지 마세요.
죄인이기 보다 불쌍한 사람입니다
나는 이미 그를 용서했습니다.
국가와 민족에 몰입되어
하느님의 사랑을 보지 못했던 것입니다.

편향된 가치는 그렇듯 사랑조차 파괴해 버립니다.

그렇습니다.
유다의 배신 보다 베드로의 변절이
오히려 내게는 더 큰 아픔입니다.
그렇게 믿고 일렀건만 그까짓 죽음이 두려워
베드로는 너무 쉽게 진리를 포기했습니다.

어머니
이제 그만 나를 보내주세요.
어머니는 아시지요?
아들의 꿈과 사랑을……

하느님이 없다

하늘에는
하느님이 없다
경건한 예배
자선으로 이해되는
사랑에도 없다

양시론도
양비론도
모두 틀린 논리다.
불의한 권력에 대한
불복종이 선행되지 않은
비폭력은 폭력의 다른 모습이다
정죄 없는 용서도
힘에 주눅 든 평화도
비폭력으로 위장한 폭력일 뿐이다
지친 몸으로 돌아와
허기진 배를 원한으로 채우고
하늘을 우러러 호곡하는 민중과 함께
하나님이 흐느끼고 있다.

2부
세상 위에 나를 그리다

그네

흔들리며
혼자서 흔들리며

사는 것은
흔들림이었다.
흔들림이 없는 것은
또 다른
흔들림이었다.

아픔을 태워
혼 불처럼
날았다.

迷路

비에 젖은
옷의 무게가
한사코 발을 잡는다.

비가 내리면
권태와 싸우고
눈이 오면
바람 맡에 서서
허욕에 휘둘리며
그렁저렁 넘은
육십 고개

둘러봐도
둘러봐도
보이지 않는 길
죽은 시간을 주워
가슴에 담는다.

누구 없소?
나랑 이야기 좀 해요!

시인과 거울

거울 속에
낯선 중늙은이 하나
추레한 모습으로 서 있다.

자글자글
잔주름이 얽힌 얼굴에
반백으로 센 머리가 부새하다.
심사가 뒤틀린 양
눈을 모로 꼬고
개미의 발자국 소리를 잡으려는지
귀를 안테나처럼 움직이며
시간의 끝을 핥고 있다.

형상이 본질의 그릇이라면
저 일그러진 오지그릇에
시름인들 담을 수 있을까?

시 같은 시가 되지 않고

어설프게 이념이 펄럭인다.
꽃을 꽃으로 보지 못하고
속에 담긴 향기만 탐하니
도무지 글이 되지 않는다.
아픔처럼 남아 있는 추억
공연스레 밤마다 야기부린다.

새로운 출발

아하, 그렇구나.
한 뉘 살면서
꼭 반대로 살았구나.

얼마나 살겠다고
입신 따위에 목을 매고
하릴없이 앞만 보고 살았구나.

늙어간다는 것은
내 안에 또 다른 내가
자라는 것

이제는
탐심을 버리리라
탐미적 감성도 버리리라
피가 흐르지 않는 이념 따위는
차라리 개에게나 던져 주리라
민족을 끌어안고 당당히 산화하리라!

마음의 여로

별을 헤다
더듬더듬 촉수를 뻗어
그녀가 잠든 방문을 연다.

구름을 타고 앉아
이지러진 달빛과 함께
그녀의 가슴을 훔쳐본다.

여명을 맞은 버드나무에
푸르르 바람이 인다.
이지렁스럽게 우는 소쩍새와
너나들이 소주나 마실까?

어떤 조건이나
식상한 윤리라는 것들
그 허접스런 장애를 걷어내고
사랑으로 사랑을 지켜낼 순 없을까?

오두막

창을 통해 본 어둠은
그대로 두꺼운 벽이다

모든 소리와 허허한 삶
난삽한 욕망이 몸을 푸는 곳
소리도 비집고 들어오지 못하는
시간이 정지된 공간

얼마나 동경했느냐
나만의 가슴 아린 이 슬픔을
설사 이것이 고립이라도
사랑이 아니라 해도
세상이 나를 외우 두도록
어둠아! 벽을 더 두껍게 쌓아라.

어울림 뒤에 오는 허무
사랑이 배태한 슬픔으로
홀로 울 수 있어 행복하다

午睡

폭염을 피해
호박꽃 속에서
꽃잠을 잤다.

꿈속으로 놀러온
배추흰나비
넋두리처럼
고향 소식 풀고 갔다

삿갓보다 작은
다랑 배미를 품은 산
왕잠자리 떠난 연못
등 굽은 수양버들 하나
한들한들 권태를 쫓고 있다.

業 1

눈처럼 낙엽이 흩날리는
호젓한 숲길을 거닐면
넋이 몸을 빠져 나가
낙엽과 뒹구는 것을 본다.

낙엽이 나무가 되고
나무가 또 낙엽을 내고
전생을 기억하지 못하는 죄로
죽어, 그 업으로 태어나면
다시 또 업을 짓게 되고

전생에 나는 기생이었나 보다.
악업이 있어 그리움에 에둘리고
몇몇 사내 농락한 죄업으로
늦은 사랑 가슴앓이로 키우나 보다.

아아—
삶이란 어차피 업을 쌓는 것

업으로 업을 짓고
禍 부를지라도
차라리 사랑에 빠져 죽고 싶다.

業 2

그대를 만난 것이나
그대와 헤어지는 것이나
모두 업으로 그리 된 것입니다.

그대를 사랑한 것도
그대가 나를 떠나는 것도
다시 만나기 위한 업 지음입니다.

삶이란 부질없는 것
살기 위한 어떤 행위도
결국 죽기 위한 몸부림이 아닌가요?

이제는 모두 내려놓으십시다.
사랑이란 망령 훌훌 벗어버리고
차분하게 길 떠날 차비나 하십시다.

初老의 하루

죽음 같은 불면의 밤
나는 날마다 가면을 쓴다.
내적 불안을 잠재우기 위해
시간은 늘 꽃단장을 한다.

바닷가 허름한 선술집에서
바람을 안주로 소주를 마신다.
옛 친구에게 전화를 걸어
죽은 여인의 전화번호를 묻고
그녀에게 사랑한다고 문자를 날린다.

비우면 쓰이는데,
버리면 강해지는 것을 알지만
아집의 외투를 벗지 못하는 영혼
난바다에 떠있는 거룻배처럼
흔들리며, 그냥 혼자서 흔들리며
언제나 시간 위를 걷고 있다.

취급설명서 1

먼저 먼지를 떨어내십시오.
그리고 천천히 포장지를 벗기십시오.
찾아주는 사람이 없어
오랫동안 뒷방에 방치해서 너주레합니다.
화려한 겉치레를 지양하고
고객을 위해 소박하게 포장되어 있지만
허투루 다루면 상처를 입을 수 있습니다.
날카로운 가시에 찔릴 수도 있고
뱀을 닮은 혓바닥에 마음을 상할 수도 있습니다.
연분홍 속살이 보일 때까지는
아주 조심스럽게 다루어야 합니다.

부드러운 살이 보이나요?
그러면 안심하세요.
이제부터 당신은 행복해 집니다.
아주 열정적으로 사랑하고
절대로 외롭지 않게 모실 것입니다.
보헤미안 음악을 곁들인다면

청량감을 즐길 수도 있습니다.
보다 강력한 효능을 얻고 싶으세요?
에칠 알콜 70g과 함께 하십시오.
배가된 약효로 이내 황홀경에 빠집니다.
고객님은 탁월한 선택을 하셨습니다.

혹, 그밖에 용도로 사용하고 싶다면
flowerbog@hanmail.net을 두드리십시오.

취급설명서 2

유독 당신의 제품에만 품질표시가 없습니다.
취급설명서는 고사하고 성분명조차 감추어
만남마다 당황스럽고 여간 어색하지 않습니다.

묻지마살인의 횡행을 아세요?
어린이 성폭행의 난무도 그렇고요.
품질인증제가 도입되었거나
제조자나 제품의 정보가 공개되었다면
저런 흉악한 범죄는 막았을 지도 모릅니다.

이건 아닙니다.
설계도나 제작도면이라도 첨부되어 있다면
국가라도 나서서 제품의 결함을 찾아 조치했거나
최소한 격리라도 해서 범죄를 예방했을 텐데,
어떻게 이럴 수 있습니까?
당신은 인간을 사랑한다면서요?
또 전지전능하다면서요?
그렇다면 최소한 취급주의사항이라도 밝히십시오.

리콜을 당하지 않으시려거든
하루 빨리 기사를 보내어 A.S.라도 하셔야죠.

고객으로 정중히 부탁하는 것입니다.
상품에 대한 모든 정보를 공개하십시오.
그녀의 취급설명서만이라도 보여주십시오.
뒤늦게라도 꼼꼼히 살펴 관계를 복원해야겠습니다.
세상을 살만 한 곳으로 만들기 위해
이제 제조자인 당신의 배려가 절실합니다.

자화상

이 땅에 썩지 않은 것이 있으랴
스스로 물질의 노예가 되어
무덤 파기에 급급한 세상
모이면 살기등등한 진흙탕 싸움
일탈의 용기 없음에
참을 수 없는 권태를 느낀다.

사랑하는 사람을 지척에 두고
언제나 외로움에 몸부림치는
어쩌면 가까이 있어 더 외로운
사랑도 아닌 사랑을 움켜쥔다.
가슴보다 앞서가는 머리 때문에
가납사니처럼 웅얼웅얼
혼자서 말하고 혼자서 듣는다.

삶다운 삶을 산 적 없다.
사랑이라 여기던 그리움조차
욕망을 꺾지 못해 지레 접고

번민에 가슴만 쥐어뜯었다.
욕정의 우듬지 먼저 치고
어두운 노년의 길 홀로 걷는다.
둘러봐도 소리쳐도 바람만 일어
무심코 세상 위에 나를 그린다.

어느 詩人의 넋두리

무엇이 있어야 해,
시인 되려면
가슴속에 담아둔
아픔 하나쯤은

늘그막에
안개 같은 여인에게
가슴을 모두 빼앗긴 뒤로
정신 줄을 놓는 일이 종종 있어.

황망히 떠나는
바람을 따라나서는 넋에게
손을 흔들다가
정말 미치는 줄 알았어.

저녁 무렵
빗방울 듣게 되면
막걸리 몇 잔 들이키고는
시라는 것을 쓰지.

너볏하지는 않아.
가슴을 헤집던 말들을 꺼내서
너주레하게 길에 풀어 놓았지.
길섶 풀꽃이 깔깔거리고 웃었어.

이별연습

사랑하는 동안
이별연습이나 해두자

지금은 사랑하지만
우리 두 사람 중에 하나
갑자기 이승을 떠날지도 모른다.
행사처럼 치루는 만남
무미건조한 이야기가 계속 된다면
한번 헤어져 보는 것도 나쁘지 않다.

언젠가
한동안 세월이 흐른 뒤
누군가 떠나게 될 때
추하게 미움 드러내지 않도록
이따금 이별연습을 하였다가
그 아픈 날에 바람처럼 떠나자

설사 이별이 시작이 될지라도

아침 해에 안개 걷히듯 홀연히
미련 남기지 않고 떠날 수 있게
사는 동안 이별연습이나 해두자

내 속에 없는 나

나는
하늘의 허드재비인가?
운명이란 이름의
神에 속고
세상살이 기막히게 겉돈다.

神이란
허릅숭이는
본디 시답잖은 훼방꾼
소라게처럼 모두 지라 한다.

허겁증에
더디고 먼 길
씨아를 돌려
아집을 발라내며 걷는다.

초승달 속에
보름달이 있고

보름달 속에
그믐달이 있는데
내 속에는 내가 없다.
하늘에는 하늘이 없다.

기도

이제 그만 두세요
나를 감시하지 마세요.
좋은 결과는 얻지 못했지만
꾸지람을 들을 만큼 게으르고
부도덕하게 살지는 않았습니다.

미치도록 사랑한 것도
죽을 것 같은 그리움도
헤어져 남의 아내가 된 사람
그녀도 모르게 혼자 키운 사랑인데
어찌 죄가 된다 하십니까?

이제는 내게 맡기십시오.
육십령을 넘어
어차피 꿈도 내어주고
허위허위 내 길을 간다는데
그만 관심을 거두십시오.
제발 족쇄를 풀어 주십시오.

사랑하는 딸에게 쓰는 아빠의 편지
— 이한빛 결혼식장에서

너는 참으로 많은 눈과 함께 왔다
땅거미가 질 무렵부터 내리기 시작한 눈은
새해 첫날이 밝았는데도 좀처럼 그칠 줄을 몰랐다.
세상의 번잡한 소리마저 모두 삼켜
맨 처음 하늘이 열리던 날처럼 장엄했다.
하느님의 큰 축복이었다.

우리의 만남은 행복이었다.
때로는 어긋나는 네가 밉고
허튼 꿈을 쫓는 네가 싫기도 했지만
애증이 없는 사랑이 오히려 더 권태롭듯
뒤돌아보면 모두 풋풋한 행복이었다.
네 꿈과 내 욕심이 상충하는 자리마다
아린 생채기가 남곤 했지만
이제 보니 참 예쁘게 잘 컸구나!

사랑하는 딸아
너는 네 이름처럼 올곧게 자라주었다.

아빠의 세련되지 못한 노동운동으로
실직과 취업을 수없이 되풀이 하고
너는 그 만큼 많이 전학을 해야 했지.
대전, 전주, 군산에서 다시 대전으로
한 학년에 세 번 전학한 적도 있었지만
너와 네 동생은 항상 우등상을 받았었지.

생각 할수록 나는 참 불량 아빠였다.
용돈 한번 풍족히 주지 못하면서
이것은 이래서 안 되고
저것은 저래서 안 되고
매사에 참견 하고 욱지르기만 하였지.
너와 나는 다를 뿐인데
항상 네가 틀렸다고 질책했지.
나는 다름과 틀림을 구별하지 못했다.

사랑하는 딸아
네 새로운 시작을 축하한다.

이제 내 속박에서 떠나
새로운 동반자와 함께 새 길로 떠나는 구나.
보수적인 아빠가 싫기도 했을 텐데
어쩌면 나와 똑같은 사람을 데리고 와서
결혼 승낙을 요구했을 때 무척 당황스러웠었다.
그러나 조급함과 보수성을 상쇄시키고도 남을
진실성과 성실성이 있어 보여
너희들의 결혼을 승낙하기로 했었다.

사랑하는 딸아
길을 떠나기 전에
하늘을 한번 우러러 보아라.
결혼은 혼자 걷는 것이 아니다.
조금만 한 눈 팔면 넘어지기 십상이다.
일단 심호흡으로 긴장을 푸는 것이 좋다.
그리고 힘이 들면 잠시 쉬었다 걸어라.
너희에게는 아주 많은 시간이 허락되어 있다.

사랑하는 딸아
아빠가 이순이 다 된 지금에야 깨달았는데
삶은 머리로 말고 가슴으로 살아야 한다.
가슴으로 보고
가슴으로 생각하고
가슴으로 말해야 행복해질 수 있다.
그리고 한 가지 더 욕심을 부린다면
내 것을 버릴수록 더 행복해지는 것이니
내가 가진 것을 하나씩 내려놓아라.
쓰임은 비움에서 시작하는 것이다.

사랑하는 딸아
네 이름처럼 따뜻한 빛으로
모두를 포용해라.
아빠와 할아버지는 투쟁으로
노동자의 권익을 찾으려 했지만
너는 사랑으로 돌보고 설득해라.
아빠는 네가 모두 잘 할 줄 믿는다.
네가 행복할 줄 믿는다.

3부
가슴으로 바라보다

晩秋

청자 빛 하늘에서
야기부리는 하얀 구름
산마루 서성이며
호기롭게 수작하는 바람
숲길에 한 발짝 비켜서서
햇살을 구걸하는 너주레한 오두막
숫대 끝에 매단 붉은 깃발이
너붓너붓 魂을 부르며 나부낀다.

절망 같은 애증 남겨두고 떠나
용암처럼 가슴에 이는 불길
넉살좋게 끓어오르는 巫女의 넋두리가
박수의 시나위를 타고 하늘로 오른다.

계곡을 넘어 속옷 같은 물안개를 걷고
火魔가 너울너울 산등성이를 탄다.
조용히 산을 품은 호수에도
넘실넘실 검붉은 불길이 일렁거린다.

沈香舞

천년의 기다림
결코 헛된 시간이 아니었어요.
심장이 멈춰 버릴 것 같은
무겁고 긴 中陰의 시간
당신의 품에 안길 오늘을 위해
다소곳이 무릎을 꿇고
이렇듯 고운 사랑을 키웠어요.
당신의 가슴에 담을 수 있어
흙속에 묻혀 보낸 천년의 萬行은
오히려 너무 행복한 수행이었어요.

이제 춤을 출래요.
흐느끼듯 한삼자락 펄럭이며,
하얀 속살이 내비치는 치맛자락은
아마 나비의 날개가 될 거에요.
보세요, 날고 있죠.
춤사위에 천년을 담았어요.

천년 동안 삭힌 향을 담아 가세요
천년 고찰의 예불소리가 들리지 않나요?
내 몸에는 부처의 피가 흐르고 있어요.
부처의 체취를 고스란히 간직했어요.
당신이 나를 안으면
당신은 부처의 품에 안기는 것이어요.

내 손을 한번 잡아보세요.
내 가슴에 귀를 대고
심장이 뛰는 소리를 들어 보세요.
가만히 계셔요.
그래요.
내가 당신에게 스며들게요.

바다

어부들이 떠난 바다에
덩그렇게 바람만 남았다

이따금 손님처럼 왔다가
날아가는 갈매기 서넛
노을이 타는 바다에
설핏한 파도만 분주하다

해거름에
물질하던 어부가 던져주는
물고기 받아먹으려는
어린 갈매기의 아양이 살가웠는데
개밥바라기 홀로 바다를 지킨다.

땅에 줄긋고 싸우던 버릇
제멋대로 바다에도 긋고
서로 마주서서 불을 뿜는다.
내 것도 네 것도 아닌

우리의 바다로 하면 될 것을
인간의 허욕에 하늘마저 슬프다.

바람의 노래
— 예당호수에서

망초 꽃 흔들며
나비 더불어 노닐다가
하늘 따라 호수에 눕는다.

천사 같은 향기 한 줌
물안개 한 무리 지어 놓고
슬그머니 일어나 산을 흔든다.

사랑처럼 왔다
사랑처럼 떠나는 바람
노을 서성이는 하늘 언저리
허풍선이 넋이 눈물을 훔친다.

떠나는 것은 언제나 아름답다

밤안개

스미듯 다가와
슬며시 팔을 내밀면
어느새 가녀린 떨림이 된다.

달빛 더불어
조용히 숲에 깃들어
잰걸음으로 달려온
그리움을 붙들고
지긋지긋 흐느낀다.

만나면 아픔뿐인
가늠할 수 없는 인연
정지된 시간 속에서
나 혼자 나를 이야기한다.

빈 들

어둠이 내리면
별들 쪼르르 따라 내려와
내 품에서 잠들고
은하수 재재거림에
짧은 여름밤이 더 짧았다

마파람이건
높새건
마음껏 뛰어 놀도록
무작정 내 가슴을 내어줬다

장대비처럼 쏟아지는 약찬 햇볕을
고스란히 담아낸 오곡백화,
기화이초 모두 떠난 자리에
고양이처럼 가을비가 어슬렁거린다.

애지중지 키운 자식 모두 떠나보내고
그들이 벗어놓은 뱀 허물 같은 그리움

눈물이 그렁그렁한 코스모스의 살풀이춤에
늦가을 한낮이 오히려 더 허허롭다.

雪夜

소리마저 묻은 눈 위로
또 다시 눈이 내린다.

옥양목 스란치마 속에
슬그머니 길을 숨긴 산
한파의 피로를 이기지 못해
땅거미가 내리기 무섭게
스르르 잠이 든다.

살아 있는
모든 이의 발을 묶고
세밑을 서성이는
밤의 나그네.
환청처럼 들리는
파도소리

그 섬에 가면
그녀가 기다리고 있을까?

96

섬

물이 묶고
바람이 푼다.

뭍의 기를 싣고
바다에 내려
恨을 모두 지운
바람과 노을의 해후로
섬은 다시 태어난다.

쉼 없이 달려와
우묵한 해안에
몸을 푸는 늙은 파도
갈매기 헤살에
해식은 웃음 하나 던져주고
떠나며 사랑을 이야기한다.

아침 단상

눈의 기척으로
잠에서 깼다.
이제 막 여명인데
대지를 뒤덮은 눈빛으로
봉창이 호롱을 밝힌 듯 밝다

창문을 여니
산기슭 오한에 떨던 나무들
뒤숭숭한 미명을 밀치고
한 걸음에 내 창을 넘어 온다.

돌아보면
무덤 같은 세상
저 소복素服한 산에
열병 같은 사랑을 묻어
조용히 스러지게 할 수는 없을까?
있는 대로 느끼고
어떤 가식도 계산도 없이
사랑하는 것을 사랑할 수는 없을까?

숲에서 만난 바다

바람은 숲에서 산다.
갈참나무 속살거리는
어둠이 잠든 숲에
잠시 눈을 붙이다가
아침이면 도시로 나간다.

달빛 교교하면
애절한 바람의 흐느낌
하늘을 향한 농염한 구애로
숲은 바다처럼 외로움을 탄다.

하늘을 덮은 잎을 훑어
한 움큼 입에 넣고
여름 한낮 농익은 숲에 서면
우렁우렁 연락선이 떠나고
늙은 사내의 굴레가 된 외로움은
긴긴 해조음 뒤에 숨어
바람처럼 시름시름 흐느낀다.

五月의 신록

너의 뿌리는
어둠이 아니더냐.
추위가 아니더냐.
웅크리고
언 손 비비며
끈을 놓지 않으려고
겨우내 속 끓이지 않았더냐.

뾰족한 부리로 봄을 쪼아
노란 생명이 움틀 무렵
한줌 빗물 애타게 기다리다가
가슴 더 단단해졌고
꿈을 묻어 놓은 하늘에서
밤마다 사랑이 내렸지.

너와 더불어 살고
너로 하여 내가 죽고,
무섭게 쏟아지는 햇볕에 씻어

네 어깨에 내 넋을 건다.
네 향기 앞세운 바람에
오늘도 고단한 내 육신을 뉜다.

내 마음 밭

성을 쌓듯
사방에 둑을 치고
탱자나무 울타리
며느리밑씻개 들끓어
짐승조차 기어들지 못한다.

무럭무럭
잡초만 자라고
추수할 때 되었건만
가라지만 너울너울
꽃이 없으니
벌 나비도 없다.

풀이 마르면
불을 질러야지
타고 남은 재
함께 갈아엎어
비가 내리면
예쁜 꽃씨를 뿌려야지

낚시를 거두며

밤새 건져 올린 것은
호수에 빠진 달빛 한줌

물안개 헤치고
성큼성큼 물 위를 걸어오는
섧도록 찬란한 햇살
솔깃한 봄소식을 건네는 바람에
설레임 같은 파문이 인다.

사랑의 끝은
언제나 허기지는 그리움
행여 그녀가 낚일세라
호수에 드리웠던 넋을 거두며
잔영을 쓸어 모아 가슴에 담는다.

전생에
우리는 무엇이었나?
어떤 업으로 얽히어
또 다른 업을 짓고 있는가?

江

강이 아래로 흐르는 것은
여울져 흐르다 만나는
피라미의 이야기를 들어주고
이런 저런 삶을 들여다보는 기쁨이
하늘로 흐르는 것보다 좋기 때문이다

시간에게 풀려난 강은
언제나 기뻐서 어쩔 줄을 모른다.
갈대밭에서 한숨 돌리며
가을 하늘을 수놓는
기러기의 군무를 바라보다가
가만히 물 위의 삶을 생각한다.

달빛에 젖어 술렁이는
갈대의 가을 이야기
내려가다
내려가다
바다에 이르면

더 이상 물러설 곳이 없는
벼랑 끝에 선 것들을 불러 모아
마침내 아름다운 종말을 노래한다.

가을素描

밤새 속살거리던 안개 내몰며
바람이 숲을 흔들어 깨운다.
마을을 굽어보던 느티나무
안개 헤치고 새물새물 웃는다.

성큼 다가서지 못하고
오락가락 비 뿌리며 서성이는 가을
열꽃이 가시지 않은 푸석한 얼굴로
길 떠날 채비에 숲은 아침부터 부산하다

엊그제
계절을 잊은 미친 삭풍에
팔 하나를 잃은 늙은 감나무
고즈넉한 산사에 서서
시름시름 열병을 앓고 있다.

오래도록 지워지지 않을
가슴에 생채기 하나 남기고

지난 영화 잊지 못해 주춤거릴 바엔
가을아, 차라리 조용히 떠나라

천년을 두고 남을
시 한 수 남기지 못할 사랑이라면
아예 사랑했다는 말을 하지 말자.
화려한 사랑이 어디 사랑이랴.
가슴에 아픔 하나 남기지 못하는
사랑이 무슨 진솔한 사랑이랴.

낙동강 이야기

밀양에 가면
강아지도 만 원짜리 물고 다닌단다.

둔치에 파이프만 꽂으면
채소밭이 되고
비닐하우스 보상금이 나온단다.

고즈넉한 저녁
흐르는 강물에 꿈을 띄우고
도란도란 사랑을 키우던 강,
그 아름다운 낙동강이
갑작스런 돈벼락에 몸살을 한다.

아아―
강 살리기는 강 죽이기.
은밀히 벌어지는 추잡한 거래를 밝혀
강물의 흐름을 되돌려 놓지 않으면
강은 무서운 재앙으로 되돌아오리라

겨울 속에 있는 봄

마파람이 불면
산 어름 실개천에
새살새살
물이 흐른다.

산수유
구름 손잡고
천진스레 웃으면
새벽안개 걷으며
멧비둘기가 운다.

먼 산에 아롱다롱
아지랑이 아른거리면
시간의 눈을 피해
타박걸음으로 먼저 와
산 벚꽃 와자그르 웃는다.

겨울비

아침부터 시름시름 앓더니
속절없이 허물어진
내 작은 성에
부슬부슬 찬비가 내린다.

눈이 우리도록 기다려도
찾아오는 사람 하나 없고
길목을 지키는 느티나무
패잔병처럼 졸고 있다.

빗방울 부여잡고
못내 괴로워하던 바람
시름 못 이겨 뒤척이다가
산기슭에 발을 내린 나무들과
악귀 같은 어둠에 나포되어
스르르 노루잠에 빠진다.
내 치부를 드러낼 것 같은
저 가로등마저 꺼지면

비를 맞으며 밤새 걸어
조곤조곤 한을 지어도 좋으리.

꽃에게 말 걸기

바람이 몹시 부는구나.
천사의 나팔
너는 추위를 많이 타지?
열대가 고향인 아부틸론보다
추위에 더 약하니 걱정이다.
여느 봄바람 같지 않고
막무가내로 파고드는 바람이 밉지?
작년 이맘때는 따듯한 마파람이
벚꽃 향기를 한 아름 실어 왔었는데
바람의 칼끝마저 우리를 노리는구나.

연緣이 이리 중요한 줄 몰랐다
사람이 몇 번 바뀌더니
나도 모르게 표적이 되어 있더구나.
악연은 또 다른 업을 짓는 것
매듭처럼 얽혀 도무지 풀 수 없구나.

그래, 베고니아

넌 어쩜 그렇게 항상 새침하니?
너는 예뻐서 더 외롭겠다.
사람 속에서 느끼는 외로움보다
일에서 받는 따돌림이 무척 힘들구나.
내가 너희들을 보살피는 게 아니라
너희들이 나를 보살피고 있다
일찍 깨닫지 못한 게 죄지
원망한들 무슨 유익이 있겠니.
사람은 힘을 소유했을 때
그 힘이 영원하리라 믿어, 바보같이
그래, 그래. 후회하고 있어.
아주 많이 참회하고 있어.

4부

가슴에 묻다

길

산자락 작은 길을 따라
바람이 되어 걷는다.

구도승인 양
가물거리는 넋을 달래며
물안개 숲을 휘감듯
산을 안고 흐른다.

데면데면 가슴을 적시는
풀벌레의 울음소리
첫 만남의 설렘이
그 무게로 가슴을 누른다.

시간은 집요하게
허방을 놓고
내 사랑은 물레방아처럼
가도 가도 그 자리다

꿈길

함박눈
낙엽이 지듯
가만가만 빈들에 눕는 밤
그리워 잠 못 드노니
섬섬옥수, 그대의 손으로
재가 된 내 가슴을 쓸어주오

그대 오시기 편하도록
여기 꿈길을 놓으리다.
정갈하게 몸단장하고
금침에 누워 그대를 청하리다.

오늘도 아니 오시면
삼경이 지나도 오시지 못하면
홀로 깨어 언 하늘 거닐다가
은하수 맑은 물에 넋을 씻고
그대 마음 변하시기를
학수고대 빌고 또 비오리다.

사랑의 덫

아직은 봄이 아닙니다.
내 마음처럼 황량한
하늘 빛 호수에
바람이 울고 있습니다.

세파에 주접 든
추레한 능수버들
으스스 샛바람에 떨고
석양이 지어 놓은 파문은
슬픈 호수에 가득히
당신을 지어 놓았습니다.

사랑이란
이렇듯 고통뿐인 것인지
만나도 헤어져도
당신은 언제나 내 아픔입니다.

예수에게 빼앗긴 사랑 1

해돋이에서 해넘이까지
바람에 실려 오락가락
시공을 훌쩍 뛰어 넘어
네 체취는 여전히 나를 울린다.

믿음이 무엇이기에
그 소리를 믿었느냐?
숨어서 자라던 이별의 씨가
비 개인 아침 갑자기 컸더냐?
성급하긴 왜 그리 성급했느냐?
아직도 예수의 말씀이라고 믿느냐?
먼 이국 독일 어느 슬픈 오두막에서
나처럼 가슴앓이를 하고 있지는 않느냐?

해망동 꽃비 내리는 공원에서
밤이 이슥하도록 갯바람을 맞으며
너를 포옹했던 그 첫날이
사람으로 산 내 마지막 날이었다

예수에게 빼앗긴 사랑 2

그건 환청이었어.
네 가슴의 소리였어.
사탄이라면 몰라도
하나님이 어떻게 그래?
사랑의 하나님이잖아?
공의의 하나님이잖아?
하나님은 전지전능하잖아?

너와 헤어져 33년
너무 긴 방황이었어.
네 마음 헤아리지 못한
내가 어리석었어.
네 사랑을 받을걸.
네 권면대로 예수 믿을걸.
너랑 결혼하겠다고 말할걸 그랬어.

밤에게

고맙구나, 어둠아
너의 보살핌이 있어
나 아직 살아 있구나.

번잡한 것 모두 재우고
고통스런 일상에서
오늘도 나를 구했구나.

꿈은 버렸으니
별빛 더불어 웃고
바람 의지해 흐르다가
달빛 손잡고
조용히 숲에 지리라

장미의 노래

장미 침대에 누워
장미꽃을 덮고
꿈길로 간다.

담을 넘어
배시시 고개를 들고
잠든 내 모습
훔쳐보던 장미가
아침 햇살 손잡고
가시로 내 심장을 찌른다

장미의 눈으로
장미의 가슴으로
헐값에 넘긴
그 많은 시간
부메랑이 되어
가슴에 슬픔을 담는다.

그리움

먹구름의 시샘으로
노을조차 허락받지 못한 하늘
눈물도 만들지 못하는 가슴을
할퀴고 또 할퀸다.

수백 삭을 가슴에 담아
이제는 멍에가 된
사랑하는 마음조차 사치스런
늙어 허울뿐인 시간

이별이 죽음인 줄 모르고
떠남을 말리지 못한 어리석음으로
천천히 나는 죽어가고 있다

목 놓아 울 수만 있어도 좋으련만
내 사랑은 언제나 타는 그리움뿐이다.

권태의 주검

네 눈 속에는
나의 절망이 있고
안개 같은 슬픔이
바람 찬 호수로 있다.

밤이 오면
애증의 덫에 걸려
시간은 시간 속에서만
존재했다

초승달처럼 여린 눈빛에
분노인양 일렁이는 허무
사랑은 권태의 주검이었다.

네 눈 속에는
박제된 내 꿈이
아직도 걸려 있다

蓮池에서

거뭇거뭇
저승꽃이 피어
소슬한 바람 한 점에
허망하게 쓰러지는 蓮잎에 누워
뒤집힌 그녀의 삶을 바라본다.

야속하게,
거침없이 뿌리치고
어릿광대의 삶으로 떠나던
그녀의 짧은 치마폭에도
바람에 실린 蓮이 울었다.

자신에게 배신당하지 않는
죽어도 이룰 수 없는 꿈을
이미 얻은 것처럼
양양하게 나를 버리고
그녀는 겨울 속으로 걸어갔다.

결국은 모두 빼앗기고
더듬더듬 바람으로 돌아와
연처럼 호수에 머리를 묻는다.
시간은 처연히 몸부림치고
그녀의 하늘에는 슬픔뿐이다.

사랑의 찬가
— 신영희 결혼 축시

하늘은 땅이 되어
땅은 하늘이 되어 춤춘다.
뜰마다 목련꽃 향기로워
그대 가슴을 빌어 노래한다.

저기 발그레
볼을 붉히며 손짓하는
어리석도록 수줍은 사월
그대 결혼에 손뼉을 치며
동동거리며 웃는다.

그리워 몇 밤을 뒤척였으며
울어 몇 날을 보냈던가.
그대의 꿈은 오직 사랑이었다.
그대의 말은 늘 그리움이었다.

이제는 웃어도 좋다
기다린 만큼 소중하고

애태운 만큼 찬란하리라

이브는 아담의 갈빗대이었으니
그대가 오늘 주인을 찾았음이라
서로 외우 두는 일없이
마지막 한 마디까지도
사랑, 그 말일 줄을 나는 안다

뜨거우나 속되지 않게
지혜로우나 차지 않게
뜨개질하듯 사랑을 키우라.
神도 질투할 행복이
그대 앞에 펼쳐지리라.

터미널에서

오늘도
네가 없구나.
소소한 웃음
수줍어 봄꽃 같은
너는 없고
물 빠진 갯벌처럼
늙은 시간의 헛웃음이
독가스처럼 임리하고 있다.

혹시 올지도 몰라
도착하는 버스마다
목을 빼고 찾아보지만
오가는 버스의 엔진소리만
지친 내 넋을 후린다.

잊히길 비는 마음과
네 입술을 그리는 욕망이
하루에도 수십 번 교차하고

다시 만날 수 없음을 알면서도
터미널에 서면 언제나
꿈속을 헤매듯 너를 찾는다.

첫 입맞춤

시간이 흐를수록
오히려 더 새침하다.

배슥거리는 네게
활화산 같은
내 가슴을 잇고
천지를 아우르는
넋을 건넸다.

어느 꽃이 이보다
더 아름다울 수 있으랴.
어느 꽃향기가
이보다 향기로울 수 있으랴

외치고 싶었다.
네거리로 뛰어 나가
보이는 사람 모두 붙잡고
우리의 사랑을 자랑하고 싶었다.

悔恨

온기를 모두 빼앗긴 어둠이
둥싯둥싯 고샅을 어기적거리고
하늘과 맞닿은 정수리부터
산이 까맣게 죽어가고 있다

갸름한 허벅지를 드러내고
오들오들 떠는 미루나무 숲에서
어기적어기적 추억이 걸어 나와
눙치며 까르르 간지게 웃는다.

天池보다 더 그윽한 눈
입가에 머문 미륵의 미소
그녀는 스펀지처럼
내 영혼을 빨아들인다.

미움이 조금씩 자랐지만
무참히 내 꿈을 가로채고
흔들림 없이, 동요도 없이
여전히 내게 굴종을 강요한다.

사랑 1

겨울을 훔친 들에
휘청거리는 바람
지우지 못해 서성이는
여명을 맞은 수많은 밤
이슬아침에 길을 나서는
슬픈 나의 넋이여!

사랑을 받지 못해도
그리우면 그리운 대로
가슴에 묻고 살리니,
바람처럼 아무도 모르게
흔적 없이 살다 가리니
넋이여, 부디 돌아오지 마라.

눈이 내리는
그 허허로운 광야에서
목이 쉬도록
이름을 부르다 가리니

홀로 業을 태우고 스러져라.
나의 넋이여, 슬픈 운명이여!

사랑 2

그녀 앞에 서면
목 놓아 울고 싶다

하루에도 수백 번
내 꿈이 자맥질하는
가시적 욕망을 버린 그녀는
예불처럼 고요하다

살얼음판을 걷듯
조심스런 입술
바라보면 무너져 내리는
불나방의 추성 같은 이끌림
아수라가 내 넋을 바수고 있다

아아,
핏기 가신 얼굴에
서성이는 음부의 그늘
그녀 앞에 서면

차라리 아름답게 울 수 있는
파도가 되고 싶다

사랑 3

여북하면
노을을 붙들까?

하늘과 만나는
수평선의 끝
꽃처럼 피어나는 노을에
아픈 시간을 넌다.

사랑은 빚과 같아서
이자 붓듯 그리움이 붓고
가슴의 무두질을 넘지 못해
밤마다 홀로 하늘 길을 걷는다.

직녀를 그리는 견우에게
기다림을 배웠다.
허위허위 은하수를 건너
눈비음을 위해서
직녀의 가슴을 훔쳤다.

사랑 4

시보다 더 시적으로
사랑한 여인
소설보다 더 소설 같이
살다 떠난 사람

안개꽃 같은
여리고 작은 몸피에
휘장 같이
온갖 시름을 두른
한번 보면
누구나 사랑에 빠지는
如玉其人

길지 않은
한 세월 함께 하고
이승의 끝자락까지
가파른 구비 길을
한사코 안고 넘는다.

사랑 5

열일곱
사랑을 모를 나이
파리한 얼굴에 서성이는
죽음의 그림자를 보았지만
슬머시 외면할 수밖에 없었다.

사랑을 잃는 것은
모두를 잃는 것이기에
다만 무사하기를 기도했다.

서둘러 이승을 떠나
한 평생 가슴에 멍울로 남은
사랑이라고 하기엔 너무나 슬픈
한 줄 詩같은 만남이었어도
저승에서 다시 만나면
오히려 깊게 사랑할 수 있으리.

5부

풀꽃이 노래하다

달맞이꽃

그믐달 숲으로 지고
조용히 강이 일어서면
나는 그대가 너무 그립다.

밤새워 꽃단장을 하고
바람을 따라 강둑에 서서
그대를 애타게 불러 보지만
그대의 가슴속에는 내가 없다.

어둠을 걷는 아침노을
하늘가 물안개 빨갛게 탈 때
나는 그대가 미치도록 그립다.

가슴에 담아두고는
차마 살 수 없는 이름
한번만이라도, 한번만이라도
그대 앞에서 그대를 부르고 싶다.

박주가리의 飛翔

겨우내 돌본 꿈을
세상으로 보낸다.

서넛씩 무리지어
바람을 타고
나풀나풀 날아가다
양지바른 더기에 내려
천년의 신화를 전한다

이운 봄에 싹이 터
줄기줄기 어긋나는 심장
약이 든 젖을 내어
왕나비 애벌레를 키우고
총총히 밤하늘을 밝히던
별이 내려와 연보라 꽃이 되면
새들과 겨루며 왕나비가 난다

무더운 여름

털옷 입혀 키운 꼬투리에
누구도 범접치 못할
천년의 비기 오롯이 담아
박주가리는 환생을 꿈꾼다.

애기똥풀

아가야
어서 오렴
금쪽같은 내 새끼

박복한 어미 만나
서러운 가난치레

그 풍상
어찌 다 잊고
봄빛처럼 웃느냐

호란에
아비 잃고
유복자로 태어나

가혹한 보릿고개
설사병을 못 이겨

눈물로
어미 손 놓고
저승으로 떠났지

샛노란 꽃이 달린
여린 줄기 꺾으면

어미의
가슴에 눈
넣 앗은 노란 똥물

예쁘게
환생한 풀꽃
오뉴월을 울린다

장미에게

눈웃음 실실
혼돈의 염艶내 날린다.
어떤 호색한의 발림수작이
저보다 더 간교하랴
농염한 제 자태에 취해
바람에 교성을 싣는구나.

꽃가루 한 줌 나눔 없이
달콤한 꿀 한 방울 나눔 없이
오로지 미색 하나로
세상을 접수하려 드는
너는 파렴치범

세상을
그리 허투루 보지 마라
요부의 향기 앞세워
네 마음대로 유혹하려 하지만
아무렴 누가 쉽게 너를 사랑하겠느냐?

그렇게 도도하게 홀로 가는데
아무렴 누가 네게 목숨을 맡기겠느냐?

사루비아

까치놀보다 더 격정적인 가슴으로
해 저문 언덕을 밟고 서서
울컥울컥 시뻘건 열정을 토한다.
먼 고향, 남태평양의 노을을 그린다.

간밤에 무서리 내려
몸을 쥐어짜는 추위
한 줌도 안 되는 햇살에
비스듬히 몸을 뉘고
애처롭게 시간을 비럭질한다.

가야 한다면
차라리 그냥 가라!
한 때 영화롭지 못한 자 뉘 있느냐?
북녘에서 찬바람 내려오면
너 아니라도 서러워할 자는 많다
사랑도 힘 다하면 멀어지는 것
제발 가을은 가을이게 놓고
혼자서 조용히 떠나라!

절화折花

오늘도 곡기를 거른 채
독배를 들 듯 물을 마신다.
더께처럼 붙어 있는
절망이라는 또 다른 나

잘린 것이
어찌 내 몸뿐이랴.
내 몸을 잘라
한 움큼도 안 되는 물에
내 삶을 가두는 비겁한 인심
세상도 갈기갈기 찢긴다.

어차피 나는 살아있다.
바람이라도 불러
뭉클한 염내를 실어보고
세상을 한번 유혹해 보리라
세상이 나를 꺾은 것이라면
세상을 내 안에 두고 웃으리라.

진지한 삶, 그리고 작품의 진정성
— 이완순 시인의 작품세계 —

문학평론가 **리 헌 석**
(사) 문학사랑협의회 이사장

1. 시심의 본질을 찾아서

이완순 시인은 동족상잔이 진행되던 1951년에 태어난다. 부친이 독립운동가로 항일 항쟁 중 옥고를 겪어, 그의 유년은 간난신고(艱難辛苦)였던 것 같다. 젊은 시절부터 근로자가 되어 국가 발전과 경제 부흥에 이바지하였으나, 수많은 편견과 부당한 대우에 절망하여 노동 운동에 나선다.

그는 애국 운동을 하신 부친으로부터 굽힐 줄 모르는 기개(氣槪)를 물려받은 듯하다. 그리하여 매사에 희생적으로 봉사하지만, 심신의 고통은 대물림을 하듯이 오랜 세월이 걸린다. 작품 「和解 1」(아버지)에서 그는 〈당신의 영전에/ 건국훈

152

장을 바칩니다./ 독립을 위한 당신의 희생을/ 마침내 조국이
인정했습니다.〉라며 긍정적이다. 〈당신이 그렇게 빨리 타계
하신 뒤/ 내가 겪어야 했던 고난과/ 넝마 같던 시간〉을 잊고
부친과 화해한다.

그의 가족이 가난하게 살아야 했던 '부친의 무능'은 '국가
의 무능'에 기인한 것임을 자각한다. 그리하여 부친에 대한
원망을 내려놓고 평상심을 찾게 되는데, 이는 모친에 대한
속죄로도 나타난다.

> 혹여 자식이 굶을까봐
> 당신 끼니 걸러 마련한 쌀을 들고
> 학교로 돌아갈 때 눈물을 많이 흘렸습니다.
>
> 입은 은혜와 지은 죄를 절반도 갚지 못했는데
> 당신은 서둘러 아버지께 가셨습니다.
> ― 「和解 2」(어머니) 일부

이 작품에서 눈물로 용서를 구하는 시심을 확인하게 된다.
이는 직장을 그만두고, 늦깎이 대학생이 되어 어머니를 봉양
하지 못하게 된 미안함에 근거한다.

즉 가정 형편으로 이루지 못한 향학(向學)의 염원은 그를
직장에서 사직(辭職)하게 하고, 20대 후반에 대학에 입학한
다. 대학을 졸업한 후, 다시 노동현장에 들어서서 치열하게

노동 운동을 전개한다. 정의를 실현하기 위하여 자신을 희생
한다. 그렇게 열심히 노력한 결과, 마침내 그는 직장에서 중
역을 맡게 되고, 이를 계기로 숨 가쁘게 살아온 세월을 돌아
보며 문학 창작에도 나선다.

몇몇 작품 공모전에서 시 부문 입선과 금상을 수상하고,
2010년 《문학사랑》 신인작품상의 시 부문에 당선되어 등단
한다. 2011년 회갑(回甲)을 맞아 첫 시집 『며느리밥풀꽃』
을 발간한다. 이후 새로운 마음으로 1년 여 창작한 작품을
모아 제2시집 『세상 위에 나를 그리다』를 발간하기에 이른
다.

심사가 뒤틀린 양
눈을 모로 꼬고
개미의 발자국 소리를 잡으려는지
귀를 안테나처럼 움직이며
시간의 끝을 핥고 있다.

형상이 본질의 그릇이라면
저 일그러진 오지그릇에
시름인들 담을 수 있을까?

시 같은 시가 되지 않고
어설프게 이념이 펄럭인다.
꽃을 꽃으로 보지 못하고
속에 담긴 향기만 탐하니

도무지 글이 되지 않는다.
아픔처럼 남아 있는 추억
공연스레 밤마다 야기부린다.
―「시인과 거울」 일부

시 창작에 대한 시인의 지향을 표출한 작품이다. 그는 거울을 통하여 자신을 점검한다. 거울을 보면, 그 안에 〈낯선 중 늙은이 하나/ 추레한 모습으로 서 있다.〉〈자글자글/ 잔주름이 얽힌 얼굴에/ 반백으로 센 머리가 부새하다.〉고 실토한다. 그러나 외양의 묘사보다, 수준 높은 작품 창작에 대한 그의 진정성과 열망이 투영되어 감동을 생성(生成)한다.

철학적 명제로 기능하는 〈형상이 본질의 그릇〉이라는 주장은 설득력을 지닌다. 어쩔 수 없이 선택한 관념적 정의이겠지만, 구체성을 추구하는 작품의 형상화로서도 충분하다. 특히 자신을 〈일그러진 오지그릇〉에 비유하며, 이 그릇에 '시름'이라도 담을 수 있겠는가, 자문(自問)의 형식을 갖춘 것은 고도의 비유라 하겠다.

특히 〈시 같은 시가 되지 않고/ 어설프게 이념이 펄럭인다.〉는 자각에 이르는데, 이는 시가 관념의 형상화라는 시법(詩法)을 지향하고 있음이다. 또한 〈꽃을 꽃으로 보지 못하고/ 속에 담긴 향기만 탐하니/ 도무지 글이 되지 않는다.〉를 통하여, 때로는 자신의 작품이 본질에 이르지 못하였다는 깨달음을 적시하기도 한다. 이러한 지향과 깨달음을 바탕으로 빛는 작품은 감동의 진폭이 크게 마련이다. 그 진폭을 정리하는 것이 본고의 목적이다.

2. 민족의식의 형상화를 찾아서

이완순의 자호(自號)는 무휼(無恤)이다. 자호는 본인이 간절하게 원하는 의미를 담거나, 그가 지향하는 대상과 연계되어 나타나게 마련이다. 무휼(無恤)은 동명성왕의 손자이자 유리명왕의 셋째 아들이며, 고구려의 제3대 대무신왕(大武神王)이다. 일명 대해주류왕(大解朱留王)이라고도 하는데, 나면서부터 총명하였고 장성하면서 영특하여 큰 지략이 있었다고 한다. 태자로 책봉되어 국정을 맡았으며, 고구려 역사 700년의 발판을 마련한 '위대한 전쟁의 신'이라 일컬어지기도 한다.

지혜와 인품을 겸비한 지도자 대무신왕은 여섯 살에 부여에서 온 사신을 꾸짖고, 열 살 때 고구려에 쳐들어온 부여의 대군을 계곡으로 유인해 몰살시켰으며, 열다섯 살의 어린 나이에 왕 위에 오른 뒤 부여를 공격해 대소왕을 벤다. 대무신왕 무휼은 전술에 능한 군주이자, 백성을 섬길 줄 아는 현명한 지도자로 알려져 있다. 대무신왕이 이완순 시인의 정신적 멘토(mentor)라는 것이고, 웅혼한 겨레의 미래를 개척하기 위해 차용한 '롤 모델'로 추정하게 한다.

素服한 여인처럼
달빛 겨울 뜰에 선다.
아픔을 지우지 못해
북만주 넓은 벌을 휘돌아
밤새 벼린 칼끝으로
가슴에 민족을 印字한다.

누가 우리를 경원하랴!
죽음을 넘고 넘어
반만년을 이어온 한겨레
우리의 역사가 살아있는 동북
저 바람 손잡고 가리라.

고구려, 발해의 얼
가슴에 담아
다시는 잊지 않으리라.
북방에 우뚝 서는 그 날까지
달빛처럼 홀로 일으켜 세우리라.

— 「달빛」 전문

그가 지향하는 거레의 길을 간명하게 형상화한 작품이다. 국가와 민족을 대상으로 한 작품들은 대부분 사실(史實)의 나열이거나, 직설적인 주장을 펼치거나, 생경한 이론의 재구성 형식을 띠기 쉽다. 그런데 이 작품은 사상과 정서가 자연스럽게 융합하여 새로운 감동을 생성(生成)한다.

그는 순수한 마음으로 민족을 사랑한다. '소복(素服)'에서

흰 옷으로 상징되는 우리 겨레를 연상할 수 있다. 특히 강하게 주장하거나 남에게 권유하지 않고, 스스로 가슴에 '민족'이라는 문자(文字)를 화인(火印)한다는 것에 주목하게 된다. 얼마나 간절한 소망인가. 얼마나 치열한 의지인가. 독자들로 하여금, 〈저 바람 손잡고 가리라.〉고 노래하는 그의 손을 잡고 애족의 길에 나서게 한다. 그는 이러한 기상을 작품에 담아내어 고토(古土) 회복을 염원한다.

> 평양에는 영산처럼 태백산이 솟아
> 그 정수리에 제단을 쌓고
> 내 아버지 천제께 매년 제를 올렸다.
> 이웃한 웅족과 결혼동맹으로
> 평화의 기틀을 마련하고
> 우리 혈족 이렇게 번성하게 되었다.
> ― 「동북공정의 뿌리를 흔들다」 일부

　겨레에 대한 간절한 소망을 담아내고 있다. 특히 우리 겨레의 역사를 중국의 변방 역사로 편입하려는 중국의 '동북공정'에 대한 준열한 비판이며, 아국(我國)의 역사를 지키려는 선지자의 몸부림이라 하겠다.

　「단기 4344년」에서는 〈우리는 자랑스러운 천손입니다./ 우리 연호 단기를 살려야 합니다.〉라고 주장한다. 「계백장군 묘역에서」는 〈이제 장군이 밝히셔야 합니다.〉 〈백제 여인의 한을 풀어줘야 합니다.〉 등으로 민족정신을 되찾으려한다. 「철로」에서는 〈허리 병이 도져 죽을지라도/ 두만강너머 원조선, 고구려, 발해의 땅/ 찬란한 우리의 역사를 찾아떠나리라.〉고 소망한다.

이완순 시인의 작품에서 형형하게 불빛을 밝히는 것은 겨레의 눈부신 비상이며, 현실적으로는 완전한 통일이다. 그의작품을 감상하면서, 겨레의 밝은 미래를 위해 동참해야겠다는 새로운 의지를 다지게 된다. 더불어 겨레를 위해 절대로잊지 말아야 할 것들에 대한 경계를 되새기게 된다.

3. 사랑의 절실함을 찾아서

이완순은 열정의 소유자다. 자신의 일에서 완벽을 추구하는 것처럼, 사랑에 대해서도 뜨거움을 놓지 않는다. 어떠한상황에서도 변하지 않을 정도로 강렬하기 때문에, 자칫 그경계에서 독자들의 마음을 애타게 하는 마력을 발산한다. 본인은 오랜 기간 가슴에 품었던 서정의 상채기를 표출하면서때로는 카타르시스를 맛볼지 모르지만, 현실에서 그를 바라보는 사람 또한 내면의 상처를 입을 가능성도 있다.

누군들 젊은 시절의 짝사랑이 없었겠는가만, 드러낼수록견딜 수 없는 아픔으로 다가서기 때문에 마음으로만 그리워하게 마련이다. 그러나 이완순 시인은 첫사랑에 대한 그리움이 참지 못할 정도로 절실하여 작품에 투영한다.

사랑이란
이렇듯 고통뿐인 것인지
만나도 헤어져도
당신은 언제나 내 아픔입니다.

― 「사랑의 덫」 일부

　이러한 아픔은 현재의 사랑에 대한 것이 아니라, 이루어지지 않은 과거의 사랑이라는 점에서 서정의 경계가 설정된다. 과거와 현실의 경계에서 그는 지난 사랑을 애타게 그리워한다. 작품 「예수에게 빼앗긴 사랑 1」에서 〈해망동 꽃비 내리는 공원에서/ 밤이 이슥하도록 갯바람을 맞으며/ 너를 포옹했던 그 첫날이/ 사람으로 산 내 마지막 날이었다.〉고 고백한다. 또한 「예수에게 빼앗긴 사랑 2」에서 〈내가 어리석었어/ 네 사랑을 받을 걸/ 네 권면대로 예수 믿을 걸/ 너랑 결혼하겠다고 말할 걸 그랬어.〉 등을 통하여 이루어지지 않은 사랑을 노래한다.

그믐달 숲으로 지고
조용히 강이 일어서면
나는 그대가 너무 그립다.

밤새워 꽃단장을 하고
바람을 따라 강둑에 서서
그대를 애타게 불러 보지만
그대의 가슴속에는 내가 없다.

어둠을 걷는 아침노을
하늘가 물안개 빨갛게 탈 때
나는 그대가 미치도록 그립다.

가슴에 담아두고는
차마 살 수 없는 이름
한번만이라도, 한번만이라도
그대 앞에서 그대를 부르고 싶다.
—「달맞이꽃」 전문

이 작품의 화자(話者)는 여름밤에 강둑을 거닐고 있다. 그 믐달은 새벽을 지나 아침까지 하늘에 떠있기 때문에, 그는 여름밤을 꼬박 새우며 '그대'를 그리워한다. 그믐달이 숲에 가려서 세상은 더욱 어두워지고, 그 어둠 속에서 강물이 소리 내어 흐른다. 이 상황은 '그대'를 그리워하는 시인의 내면과 오버랩이 된다. 특히 단 한번만이라도 '그대' 앞에서 '그대'를 부르고 싶다는 절실함을 노래한다. 그러나 그 소망은 현실에서 이루어지지 않았다.

목이 쉬도록
이름을 부르다 가리니
홀로 業을 태우고 스러져라
나의 넋이여, 슬픈 운명이여!
—「사랑 1」 일부

경계에 선 사랑은 대체로 비련(悲戀)에 닿아 있다. 이와 같은 성향은 여러 편에서 산견되는데, 「사랑 2」의 〈그녀 앞에 서면/ 차라리 아름답게 울 수 있는/ 파도가 되고 싶다〉 「사랑 3」의 〈꽃처럼 피어나는 노을에/ 아픈 시간을 뉜다.〉 「사랑 4」의 〈이승의 끝자락까지/ 가파른 구비 길을/ 한사코 안고 넘는다.〉 「사랑 5」의 〈저승에서 다시 만나면/ 오히려 깊게 사랑할 수 있으리〉 등에서 사랑의 '절대성'을 확인하게 된다.

이와 같은 사랑의 아픔은 꽃에 이입(移入)되어 「절화(折花)」로 나타난다. 사랑을 살려내지 못하고, 잘린 채 화병(花瓶)에 꽂혀서 〈오늘도 곡기를 거른 채/ 독배를 들 듯 물을 마신다.〉고 절망한다. 그러나 〈잘린 것이/ 어찌 내 몸뿐이랴.〉 세상의 많은 사물도 이와 같이 고통스러울 수가 있으리라는 당위성을 깨닫는다. 그 바탕에서 반전이 이루어진다. 〈세상이 나를 꺾은 것이라면/ 세상을 내 안에 두고 웃으리라.〉고 뼈를 세운다. 이렇듯이 정서적 아픔을 극복한다. 이는 그의 서정적 내공이 이미 높은 경지에 이르렀음을 입증할 수 있는 바탕이다.

4. 지향하는 길을 찾아서

나라와 겨레의 아름다운 미래를 위해 살신성인(殺身成仁)으로 일관하던 그가 문학의 숲에 들면서 가슴에 묻었던 사랑을 세상에 내어놓는다. 겨레와 이성(異性)에 대한 그리움이 문학 창작으로 전이(轉移)되면서, 그 사랑이 절실하면 절실할수록 창작에 대한 욕구와 소망도 깊어진다.

습작(習作) 시기에는 창작의 목표가 여러 갈래로 분산될 수도 있지만, 등단과 함께 영원히 남을 작품을 빚어야겠다는 목표가 설정된다. 첫 시집 『며느리밥풀꽃』의 「서시」에서 〈禪하는 자세로/ 기도하는 가슴으로 살리라〉 〈神을 경외하며/ 義로 주리고/ 眞理로 괴로워하리라〉 〈찬란하게 승화시켜/ 千世의 아름다움으로 삼으리라〉 〈내 고난은 꽃 피고/ 내 웃음은 억겁을 두고 남으리라〉 등에서 밝힌 그의 소망은 진정성을 담보한다.

산자락 작은 길을 따라
바람이 되어 걷는다.

구도승인 양
가물거리는 넋을 달래며
물안개 숲을 휘감듯
산을 안고 흐른다.

데면데면 가슴을 적시는
풀벌레의 울음소리
첫 만남의 설렘이
그 무게로 가슴을 누른다.

시간은 집요하게
허방을 놓고
내 사랑은 물레방아처럼
가도 가도 그 자리다
―「길」 전문

그가 이르고자 하는 길은 대로(大路)가 아니다. 산자락에 난 작은 길이다. 그 길을 걸으며 첫 만남의 설렘을 가슴에 품는다. 그것은 올바른 이름값을 하자는 것이다. 〈호랑이는 가죽 때문에 죽고/ 사람은 이름 때문에 죽는다.〉고 노래한 「신정명론(新正名論)」에서 자신을 돌아보고 있다. 〈시답잖은 시 몇 줄 쓰고/ 시인이라는 이름을 얻은,/ 도대체 나는 누구인가?/ 무엇을 이루려는 것인가?〉 자문(自問)하기에 이른다. 또한 이 자문에 대한 자답(自答)으로 작품을 빚는다.

천년을 두고 남을
시 한 수 남기지 못할 사랑이라면
아예 사랑했다는 말을 하지 말자.
화려한 사랑이 어디 사랑이랴.
가슴에 아픔 하나 남기지 못하는
사랑이 무슨 진솔한 사랑이랴.
―「가을 素描」 일부

작품에 대한 진정성이 절실하다. 그는 어떠한 아픔을 감내

하더라도, 천년이 지나도 남을 수 있는 작품을 빚고자 한다. 이것이 시인의 의무이며, 권리이자, 그것이 진솔한 사랑이라고 노래한다. 이렇게 찾아낸 문학적 진실을 그의 작품에 반영하여 차원 높은 예술성을 확보한다.

그리하여 〈아는 만큼/ 그리고 느낀 만큼만 쓰리라〉 〈현란함으로 세상을 미혹하기보다/ 담담하게 치열한 삶을 노래하리라.〉 다짐을 한다. 이는 작품을 통하여 자신의 진솔함과 담결(淡潔)함을 노래하겠다는 것에 다름 아니다. 즉 걷잡을 수 없을 정도로 감정이 분출하더라도 스스로 조절하겠다는 의미를 띤다. 예를 들면, 슬퍼도 슬퍼하지 않는 애이불비(哀而不悲)의 시심을 유지하겠다는 의미라 하겠다. 이와 같은 자제(自制)에 의하여 그는 문학 창작의 허상(虛像)에 함몰되지 않고, 진정한 주체로 거듭나고자 한다.

그는 지성과 서정으로 예술적 가치를 추구하는 시 창작에 전념하면서, 또한 웅혼하고 다양한 삶을 투영하는 소설의 창작에도 열성이다. 그는 재학 시절에 '전북대학교 문예작품 공모전'에서 소설이 당선될 정도로 인정을 받았지만, 생활고를 해결하느라 작가의 길을 접었다고 밝힌다. 그러나 수면 아래 가라앉았던 창작 욕구가 2011년에 분출하여, 다시 소설 부문 신인작품상에 당선하여 작가의 길을 걷는다.

이완순 시인은 빛의 스펙트럼처럼 독자성을 띠고 있는 개성적 작품 창작에 전심전력을 다한다. 그만의 체험을 바탕으

로 새로운 형상과 칼러를 창조하기 위해 정진한다. 삶의 진
실을 담아내고자 창작의 삽질을 쉬지 않는다. 이와 같은 진
지한 태도가 그의 작품에 반영되어 감동의 진폭을 확장하고
있다.

세상 위에 나를 그리다
이완순 시집

발 행 일 | 2012년 4월 10일

지 은 이 | 이완순
발 행 인 | 李憲錫
발 행 처 | 오늘의문학사
출판등록 | 제55호(1993년 6월 23일)

주   소 | 대전광역시 동구 삼성1동 125-6 한밭오피스텔 401호
전화번호 | (042)624-2980
팩시밀리 | (042)628-2983
홈페이지 | http://www.lito77.co.kr(홈페이지)
전자우편 | hs2980@hanmail.net

공 급 처 | 한국출판협동조합
주문전화 | (070)7119-1741~2
팩시밀리 | (031)944-8234~6

ISBN 978-89-5669-487-0
값 10,000원

ⓒ이완순.2012